KB106727

시계수선공은 시간을 보지 않는다

예술가시선
25

시계수선공은 시간을 보지 않는다

위상진 시집

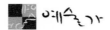

시인의 말

불온한 대기권에
격리되어 표류하고 있다
세 번째, 첫 번째 시집
시가 되어가는 불완전 동사이다
시대의 갈피에 맑은 아침을 기대하며

2020년 8월

위상진

목차

1부

시계수선공은 시간을 보지 않는다

그는 시간의 습성을 찾는 중이다
어둠의 부속을 핀셋으로 집어낸다
바늘만 보일 뿐
대못에 꽂혀 있는 전표 같은 시간

멈춰 버린 시계 위
찌푸린 불빛을 내려다 보고 있는 부엉이 한 마리

불빛 아래 해체되고 있는 상속된
시간의 유전자
식은 지 오래된 바람은 왜 한 곳으로만 숨어드는지
이상한 꿈은 왜 물속에서 젖지 않는지
가장 환한 곳에 숨겨진 너를 데려간
시간을 열어 본다

제비꽃이 지는 동안

순서를 무시한 채 휘갈긴 신의 낙서
인사도 없이 뛰어내린 별과의 약속을
모래 위에 옮겨 적고 있었지

차가운 불꽃이 부딪치는 별
듀얼 타임의 톱니가 자전을 시작한다
푸드덕, 그의 심장 뛰는 소리
그는 시계가 없다

어둠의 재가 숫자판 위로 떨어질 때
부엉이 날개 바스락거리는 소리
눈꺼풀 닫히는 소리

어제 밀린 시간은 지금부터 흐르기 시작하고
너의 시차를 들여다본다
수척한 바람 냄새 오고 있었던가

푸른 지우개

녹아 버린 선인장 꽃을 뽑아냈다
내 안에 은닉되어 있는 불온한 꿈이 메워진다

바람결에 넘겨진 책갈피에 숨어들 듯
그의 죽음은 생각보다
복잡하지 않았다 오래 살아남은
그의 손목시계

너는 어디에나 있고 어디에도 있지 않은
야수파의 얼굴 우린 자주 떠났었지
너의 말 냄새는 싱크대에서
산책길에서 튀어나오고
헹궈 내도 남아 있는 물의 얼룩

우린 왜 그렇게 많은 시간을
약속을 깨는데 익숙해져야 했는지

모래가 흘러내리는 시계 뒤에서
선인장 가시는 계속 자라고 있었나 보다

취기처럼 비틀거리며
사랑할 때와 사랑받을 때의 파일은
서로 다르게 고쳐 쓰는 중이어서
더 길어지거나
더 짧아지거나

누군가 나를 점수 매기고 있다
누군가 지워지고 있다
금욕의 냄새 물씬한 푸른 별에서
몰인정한 시계 바늘 끝에서

쏟아지다

문자가 잘못 들어왔다
'잘못 들어왔다'는 답장 아닌 문자를 보냈다
보도블록에 내가 쏟아졌을 때
'가만히 있어'라는 문자를 내게 보냈다

가방이 쏟아졌다
소심한 유령들이 뻐끔거리는 새로울 것 없는
립스틱. 막대 사탕. 잠결에 흩날리는
아카시 꽃잎
애매하게 나를 닮지 않은

건망증 같은 알리바이가 뻗어 오르는 다이어리 각 시간대의 변곡점에서 또 다른 몽상과 맞닥뜨려 버렸지 알고 싶었어, 계단의 끝이 어딘지 수평이 아닌 수직의 구조를 내가 유출되고 있는 설득되지 않은 나비 날개의 무늬를

가고 싶은 길과 갈 수 있는 길은
코드가 빠진 채 소유하고 있었나

어항이 쏟아졌다
물고기 지느러미는 터빈처럼 돌았지
음질 나쁜 레코드판 입술이 지직거리는
그 음질 밖에 구부러진 바늘

부서진 백색 블루 내일을 살아 버린 수조는 복원될 수
없는 명세서를 물고 있었지

얼룩덜룩한 잠 속에서 주목받지 못한 마임니스트의
몸짓 정지된 화면에 느리게 쏟아지는
그 주변을 생각했다, 이미 엎어져 손쓸 수 없는

온전한 식사

저녁은 별이 타다 남은 재가 떨어지고 있었지
술잔 사이 은닉되어 있는
말의 껍질이 벗겨지는 동안
별자리에 관한 질문은 하지 않았지

저기 녹색 보드 광고판에 잠에서 덜 깨어난 겨울은 무
게를 털어 내기 시작했나 보다 그때는 맞고 지금도 맞는
그늘진 늑골 사이 품고 있는 온도의 차이, 넘어가지 않
는 마지막 페이지는 안대를 하고 있었지

초벌을 떠낸 도시를 빠져나가는 불빛
다시 돌아오기 위한
출발점과 도착점은
왜 매번 뒤늦게 알게 되는 건지

새가 돌아오지 않는 나뭇가지

잿빛 북향의 바람이 흥정되는 동안
술병은 어린 버섯처럼 순하기만 한데

오래전부터 마신 술잔은 비극을 닮아 가고
같은 페이지를 들고 있던 악보
메트로놈은 작동을 시작했지

기억을 잃어버린 초상화가 한 곳을 응시하듯
손가락 끝을 대고
　　우리 언제 또 만나나요
　　바로 어제 그저께

바퀴에 감긴 던컨의 스카프에
예감은 나부끼고

기억의 지속[*]

내 수염 끝에 피어난 꽃
당신 와인색 립스틱은 몽환처럼 날아다니고
당신 도착할 시간 60초를 지나고 말았어
또 다른 문 하나는 열어 두었지

감금된 시간은 현기증으로 흐물거린다
난시처럼 흔들리는 이상한 면적과 부피
치즈처럼 녹아내리는 시계

호흡은 바늘 위에 졸아들어
축축한 내 손가락 끝에 늘어진다
그런데 천사는 날개를 입은 채 잠자리에 들까
나는 내가 미쳤다는 것을 알아^{**}

우리 시간을 길게 길게 늘이는 중이거든
민달팽이가 집을 찾아가고 있네

파리 떼가 달라붙은 숫자판, 참 당신은 침묵에 익숙해
져 있지
입안에서 서걱거리는 잔모래, 어두운 호수의 깊이를
모르고 싶어
나를 이해받고 싶지도 않아

지친 키메라는 올리브 가지에 늘어지고
녹아내리는 시간을 당신이라 부른다

모서리가 닳은 사진 내게로 다시 돌려놓았지
붓을 떨어뜨리고 엎지르며 중얼거렸지
날아오는 돌에 자비는 없다고

지속되는 기억은 얼마나 멀리 보이는지

* Salvador Dali, 『The Persistence of Memory』 1931.

** Dali의 말.

저체온증

저기, 저 비 맞은 신이 들여다보는
25시 편의점
불빛의 비늘 속으로
쓱 밀어 넣는 그의 맨발 바코드에 찍힌다

구권 화폐처럼 말이 통용되지 않는
거울 속 비껴가는 맨발
농담처럼 복권을 긁거나 때 없이
파종된 허기도 괜찮아

뜯어내도 달라붙는
춥다 춥· 다 여전히 춥· 다
캔맥주 식은땀이 떨어지는 저체온의 불빛

'이제 그만 너를 모르고 싶어' 절판된 시간이 습하게
그어진다

모르고 싶은 건 '알고 있는'의 나머지를 말하는 건가요
너의 비밀과 생일 무의식이 요약되는
풍향계가 모호하게 가리키는 저기
어제까지 일이었죠

인공 하늘처럼 굳어 있는 밤하늘
안부가 닿지 않는 곳
풍문은 플래시 불빛을 얼굴에 들이대듯
빠른 속도로 번식하고 있어

낮 동안의 정리되지 않은 적의
다음 생으로 세포분열하는
전자레인지, 그는
그의 먼 쪽에 수은등처럼 서 있었지

거울의 이면

나는 너를 숨어서 본다

너의 혀는 비극을 물고 있어
가장 환한 어두운 곳에서 새 나가는
너는 어떤 부족이지
아무도 모르는 네 이름을 말해봐

밤과 낮이 아닌
흑과 백이 아닌
말간 강바닥에서 반짝이는 비수

너는 보이지 않는 야수파
이슬 번개 취기 죽은 새의 그림자
뒤에 포위되어 있어
열쇠는 항상 그 자리에 놓여 있었지
올이 풀린 파피루스를 꺼내 들었지

변하지 않는 물감의 비율
얼굴을 감싸 쥐고 있는 유전자
아무도 모르게 잠겨 있는 너의
배후를 보는 일이어서

이마에 푸른빛이 도는 점성술사가
색깔이 다른 단추를 달고 있는

만족할 줄 모르는 끝의 시작이어서

너는 가끔 나를 숨어서 본다

초현실주의·자

아무래도 코가 비뚤게 됐나 봐
이 돌파리 의사! 수술 다시 해 달라고 해야겠어
거울 속 여자는
분필 같은 코뼈를 손으로 잡고 있었지

한밤중 쇼윈도의 마네킹은
어긋나 버린 몸통으로 거울을 왜곡하고

　　누군가를 닮고 싶어 눈 코 입을 바꿔 버렸지
　　핏기 없는 얼굴은 어긋나지 않으려다
　　어긋나고 말았지

게임에 중독된 아이들은
죽은 햄스터에 넣을 건전지를 사러 갔지
CCTV 속 아이들은
성급하게 어른들을 모방하느라

아무도 돌아오지 않았지

온라인에서 사랑하다 헤어진
남녀는 욕을 퍼부었지
나쁜 자식

초현실과 현실이 뒤섞여 버려
해면처럼 녹아내리는 얼굴
어른들은 자기 안의 아이를 달랠 줄 몰랐지

가짜 뉴스가 대낮에 흘러 다니고
부러진 화살 같은 말들은
화면에서 오래 뽑히질 않았지

녹지 않는 울음

말의 얼룩은 색이 나오질 않네
얽혀 버린 너의 내장 하드를 그리려고 해
다 써 버린 화이트 튜브 같은 너와 나는

거미줄로 달라붙는 너의 말 말, 지금 내 머릿속은
몹시 소란스러워 시끄러운 꿈은 무슨 색이었지

이제 그만 울라고 하진 않겠어
거울을 들고 한 세기를 울고 있는
너를 유령처럼 본다 물음표로 가득한
책 속엔 답 없는 벌레들만 꾸물거렸지

듣고 싶은 말과 하고 싶은 말을
오독하거나 삼키거나
거울의 안쪽은 뒤늦게 판독된 위조품이었나

아들의 수술실 앞 목이 쉰 어머니의
기표를 따라 붉은 모래 언덕은 허물어져 내리고

한쪽 모서리가 반쯤 찢겨 나간 내일의 운세
헐거워진 조타 장치처럼 목련은
붕대를 풀어 버렸지
울음의 냄새는 가닿을 수 없는 곳에서
은촛대로 빛나고 감금된 시간은 완고해진다

붓다의 발등에 촛농이 떨어진다

얼굴 프로필 마스크

마스크 시트가 삐딱하게 붙여졌다
미숙한 마술사의 들켜 버린 트릭 같은
갸우뚱 나를 쳐다보는 고양이

입꼬리가 처진 베토벤의 데스마스크
8601개의 다이아몬드로 만든 허스트의 해골은
끝과 시작의 고리
두개골은 얼굴의 기원이라고 한다지

석관처럼 조용한 도서관
책 속의 그는 나를 알지 못하고
(나는 그를 알고 있다는 가능성)
프로필은 선고된 생을 혼자 감당하고 있었지
녹슨 천사의 나팔 끝에 분광하는 밑줄
화산재를 입으로
후후 불고 있는 핏기 잃은 노래

우리 어디서 만난 적 있나요
아니요
아니면 스쳐 지난 시뮬레이션이
삭제되거나
분류가 오작동됐을지도 모를 일이지요

너는 나를 반사하는 단호한 기록이어서

오랜만에 만난 그의 턱 밑의 점
오래 그동안 안녕한 그 점
나는 왜 마음이 놓일까요

5년을 주기로 얼굴이 바뀐다지요
나도 모르게 길을 낸 청어 가시의 지도

3인칭보다 낯선

어느새 그의 말을 쓰고 있는
마침내 나의 말을 쓰고 있는
노란 별표가 표시되어 있었지
잠식하지 않으려다 잠식되고 만
페르소나

같은 언어를 나누어 먹는 국경이 지워져 버린 공해公
海였지
그의 메모를 본다 한 단어씩 뜯어 먹는 불타는 물속에
서 진행형인 수식어

색약의 물고기는
정답보다 많은 질문에
뒷걸음질 치다
나에게 불시착하고 말았어
과녁과 화살은 혼재되어 있었지

유리창에 흘러내리는 울음의
바깥은 비에 젖어 버렸지
그를 통과해 버린 문채文彩와 문체文體
동굴 속 벽화로 낡아가고

투사하지 않으려다 익사해 버린 롱테이크에 흔들려 버린
백색 뿔피리

누군가 조율하고 있다 마지막 마디가 이탈해 버린
이상한 엔딩 같은
3인칭보다 낯선

2부

세탁기에 대한 변명

누군가 자꾸 떠났던 것 같아

25시 빨래방

그의 잠과 꿈 사이 손가락을 집어넣는 코인

그의 이름보다 먼저 떠내려가는 꽃잎

지워지지 않는 기억 형상이 소환되는 중이다

축축한 잠 속, 어긋난 지퍼에

맞물려 있는 위태로운 이념들

검은 얼룩을 지우는 다른 방식을 찾지 못했어

말을 잘할 줄 모르는 그는

참 많은 말의 거품을 쏟아 내야 했지

주어는 왜 매번 달라지는 거죠

　네가 사라지면 그도 사라지거든

　틀릴 권리는 누구에게나 있어

헝클어진 머리칼의 집시 여자가 웅얼거렸지

침묵의 피를 흘리고 있는 코인

반복되는 변명은 더 이상 변명이 되지 못하지
어쩌면 그는 그 자신이 친구 배역을 했는지 몰라
여러 개의 이름을 가진 유령은
마침내 물빨래한 양모처럼 줄어들고
해마에 기록된 빛과 그림자
누군가 떠나려 하고 있어
언제나 처음인 듯
보이지 않는 국경선, 25시의 기항지에서

아득한 수다

몸에 물때가 낀다며 세신사는 자주 비누칠을 했다
거울 속 나를 보고 있는 왜곡된 얼굴
스치듯 나를 외면했지
더운 방 찬 수건을 얹고 있는 모래시계
물병자리는 가끔 위태로웠나
물고기 잠꼬대처럼 웅얼거리는 빈 입술
　　유출이 심해지는
　　돌아오지 않는 강물 같은 수다
　　제곱하면 제로가 되는 수다
그곳을 지나지 말아야 했어
불길한 장소를 표시한 화살표는 어디에도
보이지 않았는데
수십 개 이름을 가지고 있는 그를
무어라 불러야 할까
강가에 묻은 탁본한 물고기
내 몸에서 떨어진 거꾸로 박힌 비늘을 건져 올리는 잠

수부

    나는 땅거미 기어오는 음기와 눈 맞추지 않기로 했어

    발가락은 점점 무서워하기 시작하고

    창유리에 덜컹거리는 일찍 도착한

    겨울, 눈사람 검은 입술에 봉인되었나

    끊어진 모스 부호로 남은 이름

    물때처럼 비누 거품으로 사라져 갈 것이다

    거울에 이마를 부딪친 수은주

    식은땀이 물속으로 흘러들 때

    아득하게 풀어지는 흰 알약 같은 수다

늦게 펼친 그림책

신문을 본다
밀려있는 신문은 책 몇 권 분량이다
바스락부스럭 신문은
나와 같은 부족들이 펼쳐지다
나와 다른 종족들이 접히고 있었지

깔깔한 호러 영화 별을 달고 있는 평점들

말풍선은 풍선껌으로 부풀어 올라 믿을 수 없는 진실
보다, 믿고 싶은 거짓은 잠이 덜 깬 얼굴로 풍문을 뜯
어 먹고 있었지 유통기한이 삭제된 통조림처럼

가치를 측정하는 일은 눈금 없는 저울질이어서

세탁소 옷걸이처럼 행 불행은 엉켜 있었지 젖은 꽃잎
을 밟지 않으려 발뒤꿈치를 들고 건너뛰는 신문 밖의

그림자, 접속사로 연결되지 않는 풍문의 잔주름들

산에서 내려오다 참꽃을 보았지
언제부터 눈을 맞고 있는 눈사람
나무들이 불탄 장소
얇은 종이 꽃술을 떼어 내고 꽃잎을 씹던
수다했던 그 어떤 심심한 날

올록볼록 눌러 쓴 철침 자국
부레처럼 부풀어 올랐지
마침내 신문을 탈출한 탈출하지 못한
1인칭인 나는

서정춘 혹은 춘정[*]

처음엔 그의 시를 책상에 앉아 읽다가
어느새 바닥으로 내려와 읽네
어둠이 불을 켤 때는
방구석에 쪼그리고 앉아
결국엔 무릎을 꿇고 앉아
그가 쏟아낸 피를 받아낼 수밖에
그때 새벽이 손을 내밀며
내게로 걸어 들어왔지

시, 열 여자를 만나면
시, 아홉 여자가 나를 버렸다
시, 한 여자도 곧 나를 버릴 것이다[**]

봄 춘,
그 詩詩한 여자에게 버림받지 않으려
더운 피를 사발로 쏟아내는

춘정 같은
파르티잔 같은

* 서정춘 시인에 대해 시인들이 쓴 시 43편을 모아 등단 50주년
기념으로, 2018년 10월, '도서출판 b'에서 「서정춘이라는 詩人」으
로 책을 낸 바 있다. 그 책에 실렸고, 《시와 상상》 2007년 여름호
에 발표한 작품이다.

** 시집 『귀』 서문에 쓴 서정춘 시인의 말, 2연 차용.

숨어 있는 계단

나에게서 멀리 떨어진 그가
떨어진다는 말을 했다
모든 것을 사랑하면서 그 무엇도 바라지 않는

시간과 몹시 사이가 나쁜, 그는
슬픔을 키워 가는 인칭이었어
사다리를 치워 버린 불 꺼진 창은
인사도 없이 떨어져 내렸지

목이 쉰 달은 자정의 자명종을 울리지 않으리라 유리
조각에 찔린 신의 발가락 찐득찐득한 자국을 찍는 중이
어서

불에 타다 만 커튼은 소리 내지 않는
광기를 늘어뜨리고
그 어떤 평범한 날이 화살에 꽂힌

저 아래 찌푸린 여자는 까다로운 불빛을 밟고 간다
광기와 집착은 같은 저울 위에 올려져 있고

　모래 위에 쓴 글을 꼭꼭 덮어
　붕대를 감은 신의 책상 위에 올려놓았지

　병원처럼 앓고 있는 늙은 소년
　초경을 일찍 시작한 늙은 소녀
　첨탑의 십자가 옆을 지나간다
　태양은 눈을 감고 있었지

　너무 멀리 와서 반대편이 가까워진
　개와 늑대의 시간은 저녁 기도를 잊은 채
　굴절되고 왜곡되고

어둠을 캐는 사람

어둠의 화면을 캐고 캐다가
손의 부리로 쪼아 버린 막장의 낙서
광명동굴
　　돈 만이 최고다
　　고향 무정
　　나는 취직하련다. 쌍
　　노다지. 꿈

이곳을 뜨기 위해 이곳에 숨어든 사람들
느릿느릿 오르내리던 계단
낮은 불빛 아래 모든 감각은 실종되었지
축축한 벽 아래
황금의 물은 다시 흐르고
습기 찬 별들이 바위에 부딪히며
치솟아 오르는 불꽃
시간을 뚫고 뒤에서 밀려 들어온 나는

깨어날 줄 모르던 갱도에 불이 들어와
새 이름 명판을 달게 되었지
가위 눌리던 막장
뜨거운 삶에 대해 생각해 본 적 없었지
어둠에 구멍을 낸 보이지 않는 길
잠 저편에선 서늘한 흰서리가 내렸지

소원을 새긴 황금 패를 높이 들고
와인이 레이저쇼를 마신다
동굴 어디쯤 묻혀 있을 금맥 줄기
우르르우르르 몰려다니며
제 몸을 쭉쭉 늘이고 있을지도 몰라

여름의 고리

새벽 4시에 걸려온 전화
내 나라에선 누군가 존재를 알려오고
여기는 어디인가
창밖 네모난 회색 구름은 잠의 봉분을
간섭하고 있었지
사막은 눈을 감고 있었다 물뱀처럼
스윽 지나가는 내일

팔을 벌리고 있는 선인장 가시 사이
서로에게 태엽이 감기기를 거부했나 보다
안경을 잃어버렸다 기차역에서
암전의 기원이 된
비밀번호를 잊어버린 여행 가방이었지
검정 뿔테 안경은 태양의 흑점을 끌어당기고
있겠지, 있을 거야

폭염주의보가 내린 8월 신발 속에서
말리부의 모래는 쏟아지고 말을 방해하는
너는, 누구인가
거부할 수 없는 꿈을 꾸고 있는 호수
빙하가 녹은 물은 궁극적으로 맛이 없었지
호수 위로 떠 오르는 글자
우편배달부가 헐렁해진 자기 몸을 가방에서 꺼낸다
안경을 빨아들인 태양은 조립을 풀었을까
여름이 남긴 비밀번호

검은색 시대

검은 비닐봉지가 꿈틀거렸다
에어컨 실외기 틈새
눈과 깃털 경계가 모호한 새끼 비둘기 세 마리
건너편에서 지켜보는 어미 비둘기
눈과 딱 마주쳤지

은폐하거나 은닉하거나 방독면을 쓴 미세 미세 초미세
긴장감이 덮어 버린 거리, 검은 석유를 마셔 버린 방
독면
검은 말들이 쏟아지고

비둘기는 오염과 기후 스트레스에 살아남으려
깃털의 멜라닌 색소가 점점 짙어져 간다지
  흰 비둘기를 본 지 오래인 것 같아

미세먼지 지수는 실시간으로 뜨고

구름이 실종된 하늘
쥐똥나무 밑동이 잘려 나가고
공원 운동기구는 방광이 부풀어 올라
얼얼하게 뻑뻑한

피아노 소리 들려온다
같은 음에서 건반은 달아나고
암호를 잃어 버린 새들이 내려앉는다
목탄木炭색 피로한 날개
　지상의 창은 날개를 긋는 배경이었다고

노란 불꽃

고양이가 각막을 긁었나 보다
눈물이 자주 흘렀다
노란 형광색으로 염색된 각막은
유리병 속의 기포처럼 뽀글거리고
물컹해지는 불안은 내 눈을 찔렀지

냉장실의 녹아 버린 채소를 내다 버리고
그의 메일을 삭제했다
폭우에 쓸려가는 말
말은 말의 속임수에 관해
전문가였나 보다

이별 후에 도착해 버린 선물 같은
해마의 기록은 '새로 고침'으로
다시 맞춰졌지

냉장고 속에서 울리는 전화벨 소리
노란 불꽃이 결빙되는 소리
난청지대에서 끓는 주파수처럼
나의 귀는 소란스러웠지

주사를 맞고 고깔을 두른 고양이
억압된 말은 추측으로 전이되고
물의 주름을 뚫고 수평선 위로
부르튼 입술은 떠오르고

살이 부러진 우산 아래 어린 새들은
늙은 여자의 빗물 지도를 쪼고 있었지

벽은 속삭인다

천국의 해시계는 사라지고 화면은 눈을 닫았다
백야의 객석은 음이 내려앉은 피아노 같았지
그토록 쉬운 말을 왜 할 줄 몰랐을까

새벽으로 기울어지고 있는 귀
유예된 약속을 건져 올릴 때
속삭이는 벽과
열리지 않는 문에 관해 얘기했던가
말이 쪼개지는 저 너머
늘 기다리는 사람
더 기다리는 사람
생각보다 빨리 오고 시간보다 늦게 갔지
시차를 가로지른 밤은 불면으로 잃어 버린 밤이다

환영과 환각 사이 너는
뒤돌아보지 않고 익숙한 장소에 도착한다

어둠 속에서 눈을 뜨고 있는
물고기가 공중을 날아다니는
붉은 물이 든 해변
글씨 자국이 난 꽃잎을 한 장씩 떼어 날렸지
익숙했던 패턴은 지워지고

무심한 듯 나타났다 없어지는 조각난 환영
눈물의 성분처럼 중얼거렸지
그것은 좋은 것도 나쁜 것도 아니었다고

무대 위 페이지터너는 오늘을 넘기고 퇴장했다

잠시 자리 비우신[*]

- 문덕수 선생님께

프로이드의 중절모가 걸려 있고
흰 셔츠 접으신 채 돋보기로 책을 보시던
지성의 푸른 핏줄
펜촉엔 늘 잉크가 묻어 있었지요
시문학 4월호 '편집인 겸 주간 문덕수'
직함이 지워져 있더군요
찬란한 꽃 망사 위에[**]
철커덩 셔터 내려오는 소리
나침반 같은 말씀 어디서 들어야 합니까

'먼저 가서 기다리세요' 김시철 선생의 인사 말씀
흰 꽃잎은 뿌연 안경 너머 애도의 눈雪으로 날리고
죽음은 지상에 남겨진 자에게 구형求刑된
가장 긴 형기刑期임을 알고 계시지요

조셉 룰랭의 우편배달부 복장으로 갈아입으셨는지요

금장 단추 하나씩 채우고 모자는 살짝 삐딱하게
은빛 머리칼 반짝이는 거울을 보고 계시는지요

대학 1학년 '교양 국어' 시간 짙은 눈썹을 응시하던
저는, 시 공간 저 너머 '시문학'에 편입생이 되었지요
시인의 복무를 짚어보는 지금

그런데 선생님
보낸 이 받는 이 없는 편지 말고 누에처럼 쓰신 손글씨
싸인해 주신 첫 장에 발딱발딱 살아 숨 쉬는 손글씨
받고 싶습니다, 문덕수체 손편지를요

사무실 책더미 속에 꽃을 물고 있을 만년필
홀로 아지랑이 속의 들길을 꿈인 듯
날아가고 있는***
꽃보다 환하게 웃으시던 어제 뵈온 듯

아무 일 없는 듯
잠시, 아주 잠깐
자리 비우신 의자 있다. 있다

    * 추모 시 「영원한 우체부」와 「잠시 자리 비우신」 2편을 1편으
로 재구성했다.
    ** 문덕수 「선에 관한 소묘·1」 차용.
    *** 문덕수 「인연설」에서 차용.

3부

탁자 위의 저 사과

오늘 배반처럼 반송된
우편물 들고 흐린 날을 간다

노란 조끼를 입은 그는 맑게 울었지
젖은 은행잎처럼
우체국 담에 그의 이름을 쓴다
울퉁불퉁하게 날아가는
　　내 말의
토막들

탁자 위의 노란 사과
불에 졸아든 눈빛으로
　　나를 보고 있다

　　어릴 적 엄마는 말했지
분홍 원피스를

모두 노란색으로 바꿔야겠다고

내 크레파스에서 가려낸 분홍 크레파스
　너는 예쁘지 않아
손으로 가리키며 나도 엄마처럼 말했지

　눈이 네 개라 점수를 깎아 먹겠어
아버지 친구가 그렇게 말했을 때
아버지는 내 편을 들지 않았지

바이러스처럼 번식하는 네 개의 눈
음침한 암시로 가득한 분홍 가면
잠 못 자는 아이는
금기처럼 기울어지는 분홍을 피해
안경을 자주 벗었다

오늘 나는 목이 늘어난 치즈색
니트에 고무줄을 넣는다
아직도 노랑을 지나 분홍으로 가지 못하는
나는 옷장 안에
입지 않은 분홍 니트 하나 있다

응큼한 실험실[*]

무슨 실험을 하시는지요
우울한 점성술사가 가리키는 저기
새롭게 낡아가는 실험을 수입하셨는지

어둠이 덧대어진 스크린 위에 누워있는 도시
침묵과 벽의 접점
잘 웃지 않는 신과 눈먼 씨앗들이
돋아나는 저기
아직 써넣지 못한 이력의 한 줄

창유리와 문틈에 끼인 뜬소문의 지문
사소한 가치를 논하는 것이 아니어서
실눈 뜨지 마시길
맹신은 아름다운 것이어서

장미 시트지로 막아 놓았는지요

바비 인형과 최초로 내가 놀았던 장미
몇 개의 향수를 동시에 분사해 버린
실험실 핑크는 최초의 핑크에 혼재해 버렸지요

봄밤, 졸다가 깨다가 깨어서 꾸는
음각의 QR코드
내일이면 당당하게 잊혀질 테지만
초록색 비상구가 폐쇄된 곳
커튼을 내리고 오래오래 장미 가시
떼어 내는 작업 중인지요

실험실 밖 사막 장미는 꽃 피우지 못한지
오래인데

* 성인용품점.

망원렌즈는 풍경을 끌어오지 않는다

오려낸 문, 밖에 서 있는 나무
암전된 정오를 데려다 놓는다
책갈피에서 흘러나온 대문자 X
유령이 출몰하는 텅 빈 윈도

사람들은 빌딩 사이 늦가을 비처럼
걸어가고 있다
걸어가고 있다
펼치지 않은 우산을 들고

나비가 마스크에 붙어 있다 립스틱은 무책임하게 번
식하고 꽃들이 침묵하는 실패한 카드놀이, 빌딩에서 본
하늘 검은 장갑을 끼고 망원렌즈를 들여다보고 있었지

기억이 유폐된 은둔지 드림캐쳐의 방울은 기념일처럼
울린다 유리창에 어른거리는 이별의 푸가 손자국을 찍

는다 벙커는 어디에 은닉되어 있나 망명정부처럼 머무를 수 없는 머물러야 하는 내셔널지오그래픽의 야생 동물들이 출몰하고

공허와 공허가 만나 비명으로 쏟아지는
말을 삼켜 버렸지
뜨겁고 냉정한 수집가는 평정된 톤을 유지한다
은유가 금지된다
높은 데서 내려다보는 길은 풍경화가 되지 못한다
사색이 거부된다
날마다 갱신되는 웅웅거리는
불안은 영혼을 잠식한다*

* 독일 '라이너 베르너 파스빈더' 감독이 만든 영화 제목 차용.

완고한 그림자

바람은 헐렁한 니트처럼 여러 개로 늘어났다
무의도 바닷가 돌탑
기원은 하늘로 올라가지 못하고
나는 돌의 심장 위에 작은 돌을 얹었지

어제 벽시계가 떨어졌다
그 아래 폭발물로 터지는 유리컵의 파편
활처럼 등이 휘어지는 고양이 총알처럼 튀어 올랐지
시계가 숨을 쉬지 않았다
손가락을 대면 바늘이 움직이고
손을 떼면 꼼짝하지 않았다

쿵쾅거리는 고양이 심장 소리
시계는 부속을 전부 갈아야 했다
비어 있는 벽
긴장된 침묵을 물고 있었지

나의 시간은 정지되었고
시간 밖으로 추방당한 국외자였지
빈 벽에 남아 있는 대못의 그림자
완고한 한 점의 그늘인

사진을 본다
n분의 1씩 나눠 가진 단체로 멈춰 버린 시간
어린 얼굴들이 피어오르던

그날 바람을 마신 돌은 나의 별자리에 닿지 못했지
시계가 있던 자리는 점점 선명해지고
벽을 넘어 물안개처럼 흘러 다녔지

정오의 아이리스*

아이리스가 불을 켰다 조지아 오키프 당신의

꽃을 그린 줄 알았는데
태양을 빨아들이는 블랙홀을 그리고 말았구나
누설되지 않은 아는 비밀
노란 가루를 입술에 묻힌 채 뜨끈거리는
욕망의 다른 이름
구겨지지 않는 얇은 꽃술

주름진 입술을 건드리면 미끄러지듯 슬라이딩하는 나
선형의 계단
병마개를 열어 버린 길고 긴 금기어, 돌아와 그물망을
쳐 버렸구나

신전의 사제들은 거의 맹인이었다지
눈이 멀기 시작하는 당신

달팽이관을 활짝 열어
꽃이 문을 여는 소리 툭, 톡
점점 무섭게 피어오르는

당신이 만들어 낸 환영을 좇아가는 실체
검자주색 불꽃으로 싱싱해진다
흙 속에 묻지 못한 당신의 감각으로
귀환해 버렸지

삭제되지 않는 백노이즈 같은
지지 않는 꽃잎을 감아 넣고 있다
불꽃이 터지는 꽃의 그늘
적막한 사원의 높은 담을 지나
정오를 가로질러 간다
피보다 검붉은 아이리스

* Georgia O´Keeffe(1887~1986)의 그림 「Black Iris」.

오늘 칼 갈아요

오늘 칼 갈아요
자동이다 숫돌이 돌아가고 있다
칼날은 선 위에서 존재한다
불이고 얼음이고 질식하는 감정이다

말 하나를 잃어 버렸다
그 배경의 부스러기엔 제목이 없다
우르르 몰려온 숫돌 위엔 구름이 계량되고
도마뱀은 꼬리를 자른 채 숨어든다

왼손에서 오른손으로 건너온 몇 번의 생은 한 줄로 요
약되질 않지만 나를 호명하는 내가 된다, 숨 가쁘게 몸이
줄어들고 불온한 냄새들은 다른 무늬를 새기는 중이다

처음 본 무늬, 익숙해지기 위해 칼금에 대한 저항이었
지 거친 바람의 날 위에 단호하게 감당해야 하는 미완성

이 완성되는, 연어가 뛰어오르던 나의 입에서 너의 입
까지 거리는 냉정했지 사소한 것을 문제 삼는 진행형
이어서

　　하루를 쉬면 발이 먼저 알아 버린다는
　　발레리나의 토슈즈

　　갈려 나가는 결은 같은 색이다
　　담쟁이에 숨은 별
　　날렵해진 칼날은 단순명료해진다
　　그런데
　　날마다 칼 갈아요?
　　오늘만 칼 갈아요?

초승달

고양이가 엄지발가락을 깨물어 너를 깨운다
끈적한 침을 묻히고 지독한 근시로
너를 바짝 들여다 보고 있어

풋풋한 고양이 입 냄새
이불 위에 떨어진 검자주색 핏물 든 발톱
고양이는 발톱 안에 혈관이 있어

그가 보낸 초승달 목걸이가 도착했다
밤하늘을 오려낸 오색
금빛 별들
바다로 떨어지는 별을 세다가
달의 궤도를 벗어나 버린

우린 아주 멀리 가까이 있어
그믐달을 지나온 목걸이는

너에게 처음부터 예약되어 있었나 보다
저기 무라노섬에서 날아온 그의 숨결

코를 킁킁거리며 발톱 모양 목걸이를 살살 건드리는
고양이
유배된 유리 공의 손끝은 너의 목에서
굴림체로 물결친다

굳어 버린 식빵으로 앉아 있는 창가
별 모양 고양이 오줌 번지는 소리
달의 발톱이 돋아나는 소리

1933, 유관순

1919년 3월 1일. 토요일. 맑음
당신이 이화의 담장을 뛰어넘던 날
흑판에 분필이 툭 툭 부러지듯
뛰어넘기 전과 뛰어넘은 후로 금이 그어집니다

팽팽했던 2월 28일에서 3월 1일까지

수인 번호 1933, 숫자로 기록된 이름이여
핏속에 새겨진 저항이여
　누가 누구를 심판해?
　그 무엇도 두렵지 않아
(유. 관. 순)
당신의 이름을 입술에 올리기 전
부러지지 않는 분필로 똑바로 이름을 씁니다

불새처럼 날던 담 위에 기밀문서로 찍혀 있는 발자국

오늘 담장은 연두의 날을 또 한 페이지
넘기고 있었죠

불 꺼진 창들이 동시에 깃발을 들고
한 칸 한 칸 불을 켜 온지 101년
당신이 저항했던 *NO, NO JAPAN*
흰옷에 번져 가던 어린 꽃잎의 피
우리 혈관에 상속된 피로 흐르는

2020, 임계점에서 어제와 다른 매뉴얼로
NO, NO JAPAN, 합니다
붉고 붉은 아가미로

어지럼증의 수치

이 눈부심을 두고 스치듯 어디로

사라지려 하나

흐를 듯 멈출 듯 수치數値를 엮어가는 왕거미

하마터면 그리워할 뻔했던 것은

거꾸로 매달려 있었지

내 안에 핏줄로 흐르다 살아나지 못한

혈소판

　피가 새고 있다는 의사의 말

　(어디 천공이 뚫렸나요?)

사라진 너의 기호를 눈치채지 못했어

한 번에 그려낸 크로키

예감의 촉은 빠르게 뒤척인다

거울 속 여러 개의 얼굴은

모르는 처음 보는 사이이다

지진으로 부서진 소도시를 걸어가다 마주쳤지

잔해 위에 불안이 식어 가는 모서리
풍경은 저 편에서 고요했다

덜 마른 프레스코화 같은 오래 눅눅해 온
사소한 것에 주목할 때
조금 전에 스친 첨부되지 않은 파일
번복되는 반복이 사라지면
찬 이마를 짚으며 먼 동백은 피어날까
오늘, 내일의 수치를 남겨 둔다
갈색 사탕수수처럼 침착해지지 않는

이상한 인사법
- 일헌에게

잇몸이 부풀어 오른다
너무 늦게 알아 버린 그의 부고
　연락이 안 갔던가요
그때 나는 무엇에 빠져 있었을까요
으드득 뜯겨 나오는 치아
꿈에서 그는 말 한마디 없이
멜보의 텅 빈 거리를 길게 가고 있었는데

백색 뼛가루로 갈려 나가는 그의 말
　덤덤하게 지내자던
가글가글 찔끔 거울에서 떨어지는
눈물은 부위별로 달려들었지

마취가 풀리지 않은 입술 위로 뭉툭한 질문 하나
수탉들이 구구대던 간송미술관 뒤뜰
그에게 사겠다던 밥은 언제 사야 하지

다실 빈 벽은 나의 바깥이 되어 버렸고
아무것도 씹을 수 없는
투박한 슬픔이다가
앙상한 원망이다가
작별인 듯 주고 간 페르시안 컵
서로 얼굴이던 우리는 언제 우리였나요

과거형으로 말 걸지 않을게요
자주색 비단에 싸인 조선 막사발을
펼쳐 보며
나를 버린 다른 날을 살고 있는지요

먼지는 작동한다

그래, 너는 내 몸을 들락거리는
한 호흡이지 창틀에 밀리는 까만 먼지
TV 접시는 비구름을 빨아들이는 중이었지

어린 흰쥐들이 무덤을 지날 때
지하 용병들이 뿜어내는 들숨과 날숨
복수의 일인칭이 누설되는 곳

다시 주워든 편지에서 떨어지는
먼지의 눈, 눈, 자욱한 이념들이
비문증으로 웅얼거리는
날개 없는 비행飛行

남극의 쌓인 눈은 가만가만 나이테를 문 채 녹지 않는
발의 감각이었지 신들이 밟고 올라간 육각형의 층위는
고집으로 빛나고 아무도 알지 못하는

다만 벙긋거릴 뿐인

　미라의 폐에 남아 있는 그을음 오래된 미래를 읽다가
덮어 둔 페이지, 거부하는 숨결로 숨어들던 물렁한 아가
미, 한 호흡 한 호흡 새 나가는 틈새

　주문이 덜 깬 마술사의 수염 위를
　끊임없이 날아다니며
　시간의 뼈를 발라내고 있는

4부

천국의 시간

무대 아래 그는 얼굴만 보인 채 인사를 했지
희고 가느다란 지휘봉
그의 손과 어깨는 오르페우스에게
제의를 올리는 듯했지

사랑을 할 때 가장 빛나는 극락조의 깃털
배우와 악기의 입에
숨을 불어 넣는 그의 두 손

나는 그를 궁금해 하지 않아야 했고
그는 나를 궁금해 하지 않아야 했지

총구처럼 어두워지는 비극
매번 죽어야 하는 배역의 영혼 그의 손은
슬픔의 단추를 하나씩 풀어 헤쳐 갔지
피시식 타다 만 사랑의 검은 심지

나의 기도는 어리석었어

막이 내리자 벽시계를 내리고
거울 위에 베일을 씌운다
세트들이 이리저리 몰려다닐 때
비극을 버티던
벽과 문은 그만 주저앉고 싶었을까

그가 받아 든 꽃 그림자에 그을린 램프가 어른거렸지
희고 긴 바람을 감아 넣던 열두 줄 깃털에 꿈틀거리는
푸른 핏줄

눈을 뜬 채 눈물 흘리던
밤과 낮의 경계가 지워진 불 꺼진 모니터
리골레토의
절름거리던 시간을 놓아 버렸지

말하는 돌

—그러니까 오늘은 어디부터 읽을 거야

로제타석 모양의 문진文鎭
내 손안에 들어온 나를 읽어 내는 또 하나의 눈
몽상으로 가득 찬 기린의 속눈썹처럼
이상한 것을 감지하기 시작하는
그는
둔색 이끼가 돋아난 쐐기풀이 꿈틀거리는 상형문자
돌의 심장이 견뎌 온 숨결이었지

낯선 글줄 위로 범람하는 유빙들
스핑크스처럼 침묵에 빠져 있다가
가끔 달그락거리기도 했을까

대지의 배꼽에서 그를 건져 올렸을 때
어둠에 봉인된 눈은 잠시 멀기도 했을까

몇 세기를 돌아와
제 몸의 문신을 반복 해독하며
무심한 듯 아닌 듯 나를 바라보는
검은 눈

기억보다 강한 DNA는 두 음절로 발설했지
왕조의 송덕을 품은 그는 내 글을
미세하게 짚어내는 전문가
이제 그는 내가 써두었던 서약과 쓰다 만 글
말하지 않은 다른 것을 읽을 것이다
불멸을 감아 넣으며

―그런데 오늘은 무얼 쓸 거야

귀가 자라난다

마스크가 얼굴이 돼 버렸어
공 같은 지구에 왕관을 씌워 버렸네

마스크를 쓴 채
얼굴에 번져 가는 익명성, 귀는 소문처럼 자라났지
내 귀 네 귀 우리 귀
얼떨결에 받아 버린 택배 같은
낄낄거리는 너의 웃는 모습이 보여
창문을 문에 걸어 두고 알 수 없는
COVID. 너는
매일 매일을 감염시키는 유령의 메아리
실시간으로 확인되는
어둠 속에서 그림을 보듯
침묵이 덩어리진 말을 한다
물이 들어오지 않는 펄처럼 벙긋거린다
지워진 편지의 소인을 들여다 보는

구조선이 오지 않는 섬
궁금하지 않은 뉴스를 기다리는
우리 눈으로만 말해야 해요
기표를 읽어 내는 새 기술을 습득해야 하는

침묵 속에 죽음은 휘발되지 못하는 눈물
백색 꽃을 지나 가는 입관은 종탑을 비껴 지나갔지
'페스트'가 다시 읽힌다지 질병의 교본을 펼쳐 보지만

출국할 곳 없는 출국을 기다리는
귀가 자라난다

앵글 없는 오후

낮 시간에 가려진 나의 꿈자리는 모호했다
지하철 안
나는 마취주사에 찔린 한 마리 회색 벌레
구멍 난 잠을 비집고 가수면으로 빠져들었지

꺼 버린 전원엔 내가 저장되지 못했어
비를 맞고 있는 빨간 우체통
내 머리칼을 헤집는 고양이

금요일에서 금요일로 건너와 내 나라를 열어 보았지
방울뱀이 스르르 꼬리를 감추는
100년에 10센티 자라는 나무
무릎 위에서 돌얼음이 녹아내리던

그는 이중으로 웃고 있었던가
불을 꺼도 달려드는 침입자

죽은 말들이 밀수입되고
긴 손톱으로 창을 긁어내리는, 그는
나보다 나를 더 잘 알고 있는 듯 했지

싫증 난 얼굴을 창으로 들이민 채 전광판의 기호는
난독증으로 흘러들었다
뜯어낸 벽돌 같은 나는 검색되지 않았다
부어오른 글자, 잇몸에 서식하고

입속의 축축한 검은 실밥
조용히 고여 있는 검붉은 피
태양은 지하 계단을 뒤늦게 올라오고 있었다
새로운 나쁜 것과 함께

염전이 떠 있다

나는 나이 먹어 가고 나는 늙을 줄 몰라
입자 굵은 태양이 바닷물에 꽂히고
맨 처음 하늘을 키워 놓은 바다

거대한 산을 품고 있는
물의 씨앗 사그락싸그락 결정체로 엉기는
긴 장화 발소리 들려온다
허공으로 팽창하는
정령들의 말랑한 숨결이었지

지친 낮이 저물어 가는 염전
소금 밟히는 소리 길게 끌고 온다
수건으로 태양을 가리고
굴러가는 바퀴 위의 첫 소금
부드러운 바닷물을 밀고 또 밀고
낯선 음악이 오븐에서 타닥, 탁 튀어 오른다

세이렌이 수평선을 물고 온다

사금파리 같은 달을 품고 주머니에
구겨 넣은 구름의 입자
감각해야 하는 관계는
어떤 것과 교환되지 않는다
가래로 밀어내고 밀어낸 음절 위에서
소금은 푸르게 빛나고 있었지

묶은 끈이 풀어지며

일요일은 아침이 뭉텅 잘려 나갔다
허공의 열기를 뽑아내는 종소리
우산 아래 젖은 등은 비의 모서리에 걸려 있었다

책을 묶은 끈이 풀어지며
칸타타로 펼쳐졌지
그가 보여 주지 않은 무성한 생각을 읽으려 했어
강박증처럼 왜 행복해야 하는지
책에 있는 대로 판단하던 적이 있었지
너무 능숙하면 슬퍼지니까
이상한 주문은 어디서도 꺼지지 않았지
　물살을 펼치면 저편으로 편입되는 통과의례 같은 것
이었지

　유적 같은 얼굴을 하고 있는 강

물거울은 오래 태양을 반사하고 있었지 집어등 불빛
에 웅성대는 사람들이 일제히 거울을 꺼내 들었지 거울
이 하나 둘 사라지고 모래알이 젖어 내리기 시작하는

여기는 은둔자들이 숨기 좋은 곳
물의 지도는 슬프지만 아름답고
칸막이벽처럼 검고 깊었지

우산을 잃어 버린 것이 생각났다
창가에 낡은 지폐처럼 걸려 있는 그림을 볼 때(였지)

토르소는 언제부터 토르소인가

헬스장에 불이 꺼지자
비늘을 벗어 던진 트레이닝복은
모하비 사막을 달리고 달리고

코끼리 청소기에 울쑥불쑥 인화되는 흰 뼈

지구의 축으로 기울어진
어머니 발뒤꿈치 플루토에서 흔들리고
　월요일 제가 가요, 아버지께 들으셨죠 어머니
　못 들었는데 어제 못 오신다고요

별의 모서리에 부딪힌 아버지
피자두색 관절 마디마디, 병원은
토르소들을 배양하는 시험관 같았지

백색 다크 서클 아래 서 있는 토르소

미술관에 불이 꺼지자 환지통을 쫓다가
그만 뛰어내리고 싶었을까

먼 철길을 문 채 휘어 버린 지평선
전생을 기억해 낸 흰 새들이 머뭇거리며
꾸는 자각夢

말을 둘둘 접어 버리는 어머니
순서가 뒤섞인 채 졸고 있는
늙은 아가의 짧은 단· 어· 들
　어머니 저한테 왜 존댓말을 하세요

사막을 날고 있는 아버지 눈동자
어디쯤에서 독수리 푸르른 그림자를
매번 놓치고 있을까요

저는 아버지 반점 같은 은사시나무 껍질을

손톱으로 뜯어내고 있는데

빈 잉크통을 들고

잉크 충전 가게를 갔지
문이 닫혀 있다
프린터 수리센터를 찾아갔지
문이 닫혀 있다

고양이는 닫힌 문을 긁다가
문 앞에 오줌을 싸 버렸지
닫힌 문에 대한 기억은
본능에 각인된 두려움일까

엊그제 화가 두 사람이 사라져 버렸다
신문은 그들의 웃는 얼굴을
검은 테두리에 담아내었지

이제 알 수 없는 가격이 매겨지겠지
생전의 그림을 미래에 경매한 자는

또 새로운 낡은 유파가 만들어지리라

마음의 셔터를 내리고
개점휴업에 들어간 사람들
망상의 끝에서 장의사는 폐업을 선언했지

셔터가 내려진 철문을 향해 물감 풍선을
폭탄으로 던지고 싶어
물감은 주목받지 못한 표현주의자의
얼룩처럼 흘러내리리라

문을 닫은 그들은 문을 빠져나간 걸까
바깥에 갇혀 버린 걸까

그들은 더 이상 그곳에 있지 않았지

비열한 안개 자욱한

어둠과 상관없이 휘발해 버린

묻어 버린 시계

박스를 열자
물감은 복수심에 찬 듯 굳어 있었지
팔레트 위에서
나이프 끝에서
흔적은 메말라 있었지

그 방에 들어찬 익사체 같은 그림
나를 거부하는 눈빛으로 벽을 응시하는

  나의 질문과 대답 사이
  반복되는 푸른 망점들 사이
  말풍선이 날아다니고
  사원을 지나가던 메아리는 돌아오지 않았지

새들은 가지 끝에서 숨을 몰아 쉰다
푸른 꽃들은 어디로 사라졌을까

계절이 오가던 솟대
내 안에서 피어오르던 푸른 꽃에 표류한다

태엽을 풀어 흙 속에 묻어 버린 시계
비눗방울 속으로 비눗방울이 들어가듯

고민 끝에 퍼즐을 맞추면 파다한 반항이 완성된다
탕아처럼 돌아온 푸른 멍
숙주 같은 눈빛 속으로 투신하는 미래
(돌아보지 않았던)
액자를 두른 테에 짙고 긴 그림자

규칙적인 산책

의사는 손바닥에 포진한 물집을
스윽 훑으며 재밌게 살면 낫는다고 했다
금식 중인 주술사의 몽롱한 말처럼 들려왔다
너는 의문문으로 되물었지만

노트를 사러 가야 해 자신에게 일러바치는
고소장 같은
손바닥엔 이미 꾼 적이 있는 불온한
반란들이 살고 있었다

부메랑으로 돌아오는 질문
　답이 없는 것이 답이라고 (속으로 말했지)
과녁이 조준되는 어둠 속에서
드림캐쳐는 창밖으로 떨어지고

병원 문은 종소리를 내며 열렸다 닫혔다

기도문도 메모도 없는 너의 손에
흰 밥알에 대한 생각

죽집의 창은 맑고 고요했다
사랑의 노래를 듣고 있던 이들은 밥을
거부하며 지나갔다

먹다 남은 약봉지 같은 노트는 조만간
불태워질 것이다
너는 나석 같은 얼굴을 꺼내 들고
거울처럼 앉아 있었다
죽이 만들어지는 냄새는 눈부시지 않았다

아주 심한 자물쇠

내 이름은 스파이
내 이름은 바람
여러 개 이름으로 자물쇠를 채워 두었지

아무것도 아니면서 그 무엇인 갑옷 속 눈물이었지
나를 통과한 역광들
얼룩말처럼 달리고 달리던
청동색 먼지를 뒤집어 쓴 원판들

흔들리며 덜컹거리며 반도 네온의 노란 슬픔이었어
아주 심한 자물쇠를 채워 둔 나만의 성채였는데
380달러에 경매되었다지
15만 통의 필름 그 얼룩말의 발굽에 붙어 있는
눈. 눈. 눈
부재하는 내가 빛의 제국으로 입국한 건가
예지몽도 없이

포스터를 본다, 익숙한 낯선 얼굴
내가 저기에 있다니
다리에 깁스를 한 채 묶여 있는 개의 눈
귀부인 목에 감겨 있는 여우의 말간 눈
다친 인형을 뒤지던 내가 피사체가 된 건가
가만 좀 내버려 두기를
나의 별자리는 어디에도 보이지 않았는데

벤치에 앉아 있다 파벽돌로 떠 있는 구름
불타는 이마 위에 떨어진다
수상한 스파이로 돌아갈 수 없게 되었어
까마득히 날아가는 새 떼

혼자 듣는 아침의 새소리는 이제 그만

도착한다던 장미는 몇 번의 수요일이 지나가고
카메라에 칼처럼 나는 꽂혀 있어
섬광처럼 보이는 나만이 나를 호명하는
비비언 마이어*라고 해

* Vivian Dorothea Maier(1926~2009): 생전에 한 점도 공개
한 적 없는 미국의 사진작가.

맨발로 맨발을 맨발이

예술과 삶은 하나가 아니다
그러나 그것들은 내 안에서
나의 책임의 통일 안에서 하나가 되어야 한다
-미하일 바흐친

티켓도 오프닝 행사도 예약도 소유자도 없습니다
떠 있는 부두*는 거리의 연장선이며 모두의 것입니다

노란 달리아가 물 위에 떠 있다
호수에서 섬까지 연결된
불연속선이 이어진 길
눈부신 태양이 폭포처럼 쏟아져 내리는
다리 위
신발을 벗어 든 사람들은
물 위의 떠 있는 부두로 입장한다
호수 위에 탄띠처럼 떠 있는 거대한 화살표
이중적인 의심을 제거한 다리
여기선 부력의 중심을 이해하지 않아도 돼

그 어떤 주석이 달려 있지 않아

맨발로

맨발을

맨발이

감각 할 뿐이다

호수는 잠에 들지 못한다

꿈이 서술되고 진술이 증명되는

오래전 일어날 기적은

잠잠해지지 않은 꿈 저 너머 접혀 있었지

순한 실크 같은 공기

발자국을 따라가는 노란 물결 주름

하늘의 태도를 연구하기 시작하는

채도가 낮은 별들은 조각조각 빛날 준비를 한다

태양의 열기는 맨발에서 온몸으로 가득하다

설치미술 16일간의 안부

슬픔이 없는 이름 위에 진한 입맞춤을 한다

한 장씩 떼어 보낸

6월의 실바람

오래전 죽은 빗속에 당신이 있다는 소문

눈부시게 떠 있는 부두

온화한 교란을 일으킨 섬은 사람보다 가벼워져 있다

* The Floating Piers : 부부 대지미술가 크리스토 자바체프 (Christo Javacheff)와 잔느 클로드(Jeanne-Claude)가 설계·설치한 대지미술 프로젝트로 이탈리아 이세오(Iseo) 호수에 구조물을 띄어서 만든 3km 길이의 수상 길

작품해설

위상진의 이미지토피아와 이후 세계
- 『시계수선공은 시간을 보지 않는다』

변의수(시인)

1. 이미지 세공사

위상진의 시집에서 우선 경험할 수 있는 건 간결하고 명료한 시문의 선명한 이미지들이다. 제1시편 「시계수선공은 시간을 보지 않는다」엔 "어둠의 재가 숫자판 위로 떨어질 때/ 부엉이 날개 바스락거리는 소리/ 눈꺼풀 닫히는 소리"가 들린다. "녹아버린 선인장 꽃을 뽑아"내는 제2시편의 제목은 "푸른 칠판"이다. 세 번 째 시편에선 "음질 나쁜 레코드판 입술이 지직거리는/ 그 음질 밖에 구부러진 바늘"이 초현실주의 그림처럼 제시된다.

단어와 사물이 대응하고, 사물들의 관계로 이루어진 단순한 사태는 원자명제에 대응하며, 복합명제는 복합적 사태의 세계에 대응한다고 비트겐슈타인(Ludwig Josef Johann Wittgenstein, 1889-1951)은 생각했다. 기호 논리로부터 출발한 그의 철학은 형이상학을 단순명료한 그림으로 나타내는 것이었다. 그럴 수 없다면 "침묵해야 한다". 이러한 비트겐슈타인의 사상을 시에 적용한다면 어떠할까? [사물과 사태를 명료한 그림으로 표현할 수 없다면, 시는 침묵해야 할 것이다.]

사물과 그림의 명료한 대응은 그가 생전에 펴낸 유일한 한 권의 책 『논리철학논고』(1922)의 정신이다. 그런데 철학적 소임을 다했다며 케임브리지를 떠난 그가 긴 방랑 끝에 케임브리지로 돌아와 강의를 이어간다. 언어의 가족유사성 때문이다. 한 마디로 언어는 시와 같은 것이다. 언어는 세계 앞에서 투명하지 않다. 오히려 언어는 세계라는 모자 속에서 마술처럼 토끼와 오리 그 어느 것을 꺼낼 수도 있다. 그의 사후 제자들이 출간한 비트겐슈타인의 두 번째 저서 『철학적 탐구』(1953)의 주제이다. 그가 직접 그린 토끼-오리 그림은 후기 그의 철학적 고민을 한 장의 그림으로 잘 요약하고 있다.

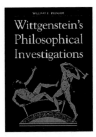

토끼-오리 그림과 비트겐슈타인의 『철학적 탐구』 표지

비트겐슈타인의 그림이론은 넬슨 굿맨(Nelson Goodman, 1906~1998), 윌리엄 미첼(William Mitchell, 1944~2010) 같은 미학자에게도 영향을 주었다. 굿맨은 그림과 언어가 불가분의 관계임을 주장하고, 미첼 또한 그림의 성격을 띠지 않는 언어는 존재하지 않으며 역으로 언어의 성격을 띠지 않은 그림이 존재할 수 없음을 주장했다.

사물과 정신을 이미지로 명료히 대응시키고자 한 시도는 시문학에서 먼저 있었다. 20세기 초 흄(Thomas Ernest Hulme, 1883-1917)과 파운드(Ezra Loomis Pound, 1885-1972)를 중심으로 한 이미지즘 운동이 그것이다. 이들 역시 시각적 이미지의 명료하고 간결한 형식의 시를 추구했다. 파운드의 「지하철 역에서In a Station of the

Metro」는 그 대표적이다. 1930년대 초반 김기림, 정지용, 김광균 등도 마찬가지 작업을 했다.

사물과 세계에 대한 이미지화는 철학의 과제일 뿐만 아니라 시에서도 본질적인 문제이다. 현재 수사학의 정수라 할 "상징(나는 '확산 은유'라 한다)"은 관념을 이미지로 표현하는 일이다. 그런데 이러한 상징은 사실은 칸트(Immanuel Kant, 1724-1804)에서 비롯한 것이다. 모호함에 대한 배타적 분위기의 서구 전통 속에서 칸트는 그의 철학에서 효시적으로 상징을 언급했다.

상징을 비유의 형식으로 이해한 칸트는 상징의 '형식'을 '상징물(기호)'과 구분했다. 그런 칸트는 상징에 대해, "많은 사고를 불러일으키지만, 어떤 말로도 다 설명할 수 없다"고 하였다(『판단력비판』 192). 이후에 괴테(Johann Wolfgang von Goethe, 1749-1832)는 『금언과 성찰』(1824)에서 "상징은 시의 본성으로서, 상징의 사용은 현상을 관념으로 바꾸고, 그 관념을 이미지로 바꾼다"고 하였다.

질베르 뒤랑(Gilbert Durand, 1921-2012) 역시 상징에 관해 "'이미지'를 통해 우리의 의식에 '재현représenté'되어 나타나는데 그것은 곧, '최초의 동기, 최후의 목적, 끝이 없는 궁극성, 영혼·정신·신들'로 표현될 수 있는 것"이라고 하였다(『상상계의 인류학적 구조들』. 1960). 그런데 이러한 상징의 핵심 내용은 칸트의 『판단력비판』(1790)에서 철학적 포맷으로 이미 상세히 개진되어 있었다. 이와 같은 칸트와 괴테의 상징론은 쉘링(Friedrich Wilhelm Joseph Schelling, 1775-1854)과 쉴러(Johann Christoph Friedrich von Schiller, 1759-1805) 등의 뒤를 이어 보들레르(Charles Baudelair, 1821-1867), 랭보(Jean-Nicolas-Arthur Rimbaud, 1854~1891)와 같은 프랑스 상징주의로 전이되었다.

2. 위상진의 시세계

어떤 관념도 형이상학도 단순하고 명료하지 않으면 의심스럽다. 이것은 과학이나 예술 역시 마찬가지이다. 수학자나 과학자는 단순하지 않으면 신뢰하지 않는다. 단순함은 명료하고 아름답다. 시 역시 마찬가지이다. 명료한 이미지의 사용은 시인의 시력과 시에 신뢰를 갖게 한다. 대상과 사물에 대한 복잡한 내용을 하나의 이미지로 수렴하고 통일해 낸다는 건 사물에 대한 집중과 몰입의 통찰력을 보여 주는 것이다.

위상진 시인은 홍익대학교에서 미술을 공부했다. 홍익대 미학과에는 표현주의 시인 트라클(Georg Trakl, 1887-1914)과 파울 첼란(Paul Celan, 1920년-1970)을 연구한 고위공(1944-) 교수가 있었다. 고위공 교수는 "그림은 말 없는 시, 시는 말하는 그림"이라고 한 그리스 시인 시모니데스(Simōnidēs, BC 556-468)[*]를 언급하며 "문학과 회화의 관계"에 관한 최초의 언급은 기원전 5, 6세기로 거슬러 올라간다고 말한다.

시모니데스와 마찬가지로, 후일에 호라티우스는 『시학Ars poetica』에서 "시는 그림처럼"이라는 말을 남겼다. 그리고 바로크 시대에 뉘른베르크 학파의 하르스되르퍼(Georg Philipp Harsdörffer, 1607-1658)가 『시교수법 Poetische Trichter』(1650-1653)에서 "시는 그림처럼"을

---

[*] 시모니데스는 기억술 창시자이기도 하다. 사고는 매개를 사용해 다른 두 대상을 통일하는 정신작용이다. 기억은 이미 알고 있는 대상과 처음 접한 대상을 (그 둘의 공통점을 매개로 하여) 연결하는 정신작용이다. 매개를 공통으로 사용하는 정신작용이라는 점에서 기억은 곧 사고이다(변의수. 『융합학문 상징학』. pp. 227-30 등 참조). 시모니데스는 그림과 시에서도 '말'이라는 매개가 있음을 알고 "그림은 말 없는 시, 시는 말하는 그림"이라 하였다.

시작 원리로 내세웠다고 말한다(《문학과 미술》).

모든 예술이 그러하지만 사실은 비유, 즉 모방이라는 점에서 시와 미술은 동전의 양면과 같다. 뒤집으면 시이고 뒤집으면 미술이다. 시는 자연언어를 사용하지만 미술은 형상을 사용한다. 자연언어는 관념과 직결되는 반면 형상은 감각과 직결된다. 사물의 형상화를 위한 이미지 작업은 먼저 대상의 본질을 포착하고 개념적으로 수렴하는 눈을 길러야 한다. 그런 점에서 화가의 수업은 시의 연마보다도 어떤 면에서 보다 효율적일 수 있다.

위상진의 시편 중엔 이미지 조형에 주력한 문덕수(1928-2020) 시인에 대한 추모시가 있다. 문덕수 시인이 홍익대 국문과를 맡고 있었던 관계로 자연히 위상진은 그 문하생이 되었던 것 같다. 위상진은 "대학 1학년 '교양 국어' 시간 짙은 눈썹을 응시하던/ 저는, 시 공간 저너머 '시문학'에 편입생이 되었"다고 시편에서 적고 있다. 위상진 시인은 스승의 모던한 풍모를 이미지스트 답게 추모하고 있다.

조셉 룰랭의 우편배달부 복장으로 갈아입으셨는지요
금장 단추 하나씩 채우고 모자는 살짝 삐딱하게

은빛 머리칼 반짝이는 거울을 보고 계시는지요

  -「잠시 자리 비우신」 부분

  모더니즘과 서정시는 소재나 이념성을 서로 달리하
는 것처럼 보인다. 그럼에도 서정시는 전통적으로 간결
함을 통한 이미지 생성 면에서 모더니즘과 결을 함께 한
다. 위상진은 서정춘 시인에 대한 헌시를 쓰기도 했다.

  서정춘(1941-) 시인의 시적 염결성은 달리 말할 것이
없다. 시인은 등단 30여년 만에 첫 시집(『죽편』)을 내었
다. 시인은 자서에서 자신의 30년 농사가 참으로 참혹하
다며 흐느꼈다. 그러나, 누구도 그렇게 생각지 않는다.
뼈와 정신만 남은 그의 작품들은 우리 시단 전체를 흔들
어 깨웠다. 농축되고 응축된 시문과 시편들은 그야말로
절대의 이미지를 보여주고 있었다.

  서양화법의 이미지를 추구하는 위상진 시인이지만 사
군자 풍의 절제된 서정 이미지를 한없는 겸허함으로 예
를 표한다. 소재와 재료는 다르나 이미지 조형의 엄격함
과 기술적 완성의 치열성은 다른 점이 없기 때문이다.
시인은 머리를 세우고 읽다가, 허리를 굽히고, 마침내는
무릎을 꿇고, 두 손을 머리 위로 받쳐 올린다.

처음엔 그의 시를 책상에 앉아 읽다가

어느새 바닥으로 내려와 읽네

어둠이 불을 켤 때는

방구석에 쪼그리고 앉아

결국엔 무릎을 꿇고 앉아

그가 쏟아 낸 피를 받아 낼 수밖에

그때 새벽이 손을 내밀며

내게로 걸어 들어왔지

-「서정춘 혹은 춘정」 부분

위상진은 형상과 색채를 직접 사용한 캔버스 이미지
와 문자라는 자의적 관념의 틀로 이미지를 조형하는 두
가지 세계의 방법론을 익혀왔다. 미술에서 이미지는 구
상, 비구상, 추상의 유형이 있으나 비구상은 구상의 변
형으로 추상에 가깝다. 해서, 구상과 추상의 둘로 대별
할 수 있다. 시에서는 원관념과 보조관념의 1 : 1 대응을
이루는 단순 은유와 '1 : ∞'을 이루는 확산 은유가 있다.
단순 은유는 가까운 비유이고, 확산 은유는 먼 비유로서
수사법에서 말하는 '상징'이다.

미술에서 확산 은유는 잭슨 플록(Paul Jackson Pollock, 1912~1956) 같은 이의 작품에서 확연한데, 이전의 출발은 인상파와 뒤샹이 큰 역할을 했다. 시문학에서는 후기 말라르메(Stéphane Mallarmé, 1842-1898)의 「주사위 던지기」에서 비롯되었다고 할 수 있다. 다다, 상징주의, 쉬르레알리슴, 입체파 등은 후기 말라르메의 변용들이다.

조지아 오키프와 「Black Iris」

위상진 시인은 비구상의 비교적 온건한 확산 은유를 사용한다. 구상을 추상화한 작법이다. 위상진의 시편들에서도 "이마에 푸른빛", "야수파"(「거울의 이면」), "마임니스트"(「쏟아지다」), "몽환", "Salvador Dali"(「기억의 지속」), 「초현실주의·자」, "조셉 룰랭의 우편배달부"(「잠시 자리 비우신」), "Georgia O'Keeffe"(「정오의 아이리스」) 같은 추상적 비구상의 이미지와 관련된 내용이나 인물들이 등장한다. 참고로, 위상진의 시집에 나타난 것들 중 대표적인 것을 열거해 본다.

아득하게 풀어지는 흰 알약 같은 수다
－「아득한 수다」 부분

검정 뿔테 안경은 태양의 흑점을 끌어당기고

우편배달부가 헐렁해진 자기 몸을 가방에서 꺼낸다
－「여름의 고리」 부분

불에 타다 만 커튼은 소리 내지 않는
광기를 늘어뜨리고

첨탑의 십자가 옆을 지나간다
태양은 눈을 감고 있었지
－「숨어 있는 계단」 부분

태양을 빨아들이는 블랙홀을 그리고 말았구나

노란 가루를 입술에 묻힌 채 뜨끈거리는

구겨지지 않는 얇은 꽃술

지지 않는 꽃잎을 감아 넣고 있다
불꽃이 터지는 꽃의 그늘
적막한 사원의 높은 담을 지나
정오를 가로질러 간다
- 「정오의 아이리스」 부분

고양이는 발톱 안에 혈관이 있어

굳어버린 식빵으로 앉아있는 창가

달의 발톱이 돋아나는 소리
- 「초승달」 부분

주문이 덜 깬 마술사의 수염 위를

끊임없이 날아다니며
시간의 뼈를 발라내고 있는
-「먼지는 작동한다」부분

여기는 은둔자들이 숨기 좋은 곳
물의 지도는 슬프지만 아름답고

창가에 낡은 지폐처럼 걸려 있는 그림을 볼 때(였지)
-「묶은 끈이 풀어지며」부분

물감은 주목받지 못한 표현주의자의
얼룩처럼 흘러내리리라
-「빈 잉크통을 들고」부분

　위상진은 미술과 시를 융합해 나가는 가운데 이미지
를 자신만의 형식으로 구현해 내었다. 그것은 추상적 비
구상의 이미지 조형이다. 그러한 위상진의 비구상적 이
미지의 세계가 각별한 것은 자신의 존재론적 탐구 수단
이기 때문이다. 위상진의 이미지는 단순한 환상 또는 환
상을 위한 환상이 아니다.

시인의 이미지 세계는 단순한 몽환적 꿈의 공간이 아니라, 존재의 한계와 구속을 초월코자 하는 열망의 세계이다. '시간'은 시집의 표제 "시계 수리공은 시간을 보지 않는다"에서도 사용되듯, 위상진의 비구상 이미지의 성격을 규정하는 지표 기호이자 핵심 시어임을 보여준다. 위상진 시인은 살바도르 달리(Salvador Dalí, 1904-1989)의 〈기억의 지속The Peristence of Memory〉(1931)의 '시계' 이미지를 애용하기도 하지만, 나아가 시인은 '존재론적 시간'의 표상 기호로 사용한다.

일례로, "감금된 시간"(「기억의 지속」)은 시인의 생활사적 한계로부터의 탈출이나 초월을 함의한다. 그리고, 동시대의 동류적 인간애를 느끼는 "나와 같은 부족들이 펼쳐지"는 시간이기도 하다(「늦게 펼친 그림책」). "멈춰버린 시계", "시간의 유전자", "숫자판" 등은 자신과 세계의 관계에 대한 반성적 사유를 지시한다. 특히 "시간의 유전자"는 철학이나 회화적 예술에서는 경험하기 힘든 시인의 통찰을 보여준다.

감금된 시간은 현기증으로 흐물거린다
난시처럼 흔들리는 이상한 면적과 부피

치즈처럼 녹아내리는 시계
- 「기억의 지속」 부분

신문을 본다

나와 같은 부족들이 펼쳐지다
나와 다른 종족들이 접히고 있었지
- 「늦게 펼친 그림책」 부분

어둠의 부속을 핀셋으로 집어낸다

멈춰버린 시계 위
찌푸린 불빛을 내려다보고 있는 부엉이 한 마리

시간의 유전자
- 「시계수선공은 시간을 보지 않는다」 부분

  우리의 관점에서 시는 인간 존재에 대한 물음과 생명의 충일을 노래한다는 점에서는 영원한 변주와 회귀를 이어간다고 할 수 있다. 하지만 그러한 주제적 현상을 담아내는 '형식'의 면에서는 끊임없는 변화와 진보를 드러내고, 또한 요구한다. 예술은 오직 새로움이 생명이기 때문이다. 위상진 시인은 시라는 장르의 DNA를 자신만의 시공간에서 또 다른 변이와 실험을 수행해 내고 있다. 그럼으로써 위상진은 또 한 사람의 분명한 자기 선언적 작가로서 존재해 나가고 있다.

마스크가 얼굴이 돼 버렸어
공 같은 지구에 왕관을 씌워 버렸네

마스크를 쓴 채
얼굴에 번져가는 익명성, 귀는 소문처럼 자라났지
내 귀 네 귀 우리 귀
(중략)
창문을 문에 걸어 두고 알 수 없는
COVID. 너는
매일매일을 감염시키는 유령의 메아리
(중략)
지워진 편지의 소인을 들여다보는
구조선이 오지 않는 섬

(중략)

기표를 읽어내는 새 기술을 습득해야 하는

(중략)

귀가 자라난다

– 「귀가 자라난다」 부분

코로나 팬데믹이라는 세계적 대유행의 감염현상에서 시인은 마스크 뒤에서 증폭되는 인간세계의 단절과 불신의 확산을 지적한다. "마스크가 얼굴이 돼버"린 이곳은 "익명성"의 입술들로 생산되는 소문들이 "매일매일을 감염시키는 유령의 메아리"가 되어 떠돈다. "마스크" 속의 "기표를 읽어내는 새 기술을 습득해야 하는" 이곳을 시인은 "구조선이 오지 않는 섬"으로 규정한다. 언제부터인가 우리의 "귀가 자라나는" 기이한 이곳 세계의 풍경에 관한 시인의 전언이다.

이제, 지금까지의 과정에서 위상진 시인을 평하자면 ① 형식적 측면에서, 명료한 감성의 이미지스트이자 서정적 쉬르레알리스트라 할 수 있다. ② 주제적 내용 면에서, 시간에 관한 물음을 통해 자신의 존재 탐구를 지속해 나간다고 할 수 있다.

결론적으로, 위상진은 이번 시집에서 간결하고도 명료한 비구상의 이미지를 통해, '시간' 개념을 중심으로 초현실주의적 공간의 존재 탐구를 보여준다고 할 수 있다.

3. 위상진의 이후 세계

시인이나 화가는 강한 유비를 사용한다. 하나의 이미지로 작가의 예술 정신과 세계를 구현하고 있기 때문이다. 이들에게 촉각이나 후각, 청각이나 시각, 미각 같은 감각들의 상호 전환 능력은 중요하다. 그런데 이런 공감각 능력 못지않게 중요한 게 사고와 감각의 융합이다. 인식론자 칸트(Immanuel Kant, 1724-1804)나 카시러(Ernst Cassirer, 1874-1945)는 오성과 상상력의 조화라고 하였다. (오성은 사고이고, 상상력은 감각의 이미지화 능력이다.)

영국의 한 정신의학연구소는 양전자단층촬영PET 등을 통해 공감각자들의 뇌를 촬영한 결과 그들은 '색과 모양을 종합하는 뇌 영역'만이 아니라 '문자나 숫자의 형태소를 맡는 언어영역'이 동시에 활성화됨을 확인했다. 위상진 시인은 홍익대학교 미술대학을 졸업하고 1993

년에 『시문학』으로 등단했다. 시력만 해도 27여 년이다.
미술 수업까지 고려하면 예술 공부는 30년이 넘는다.

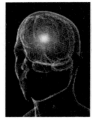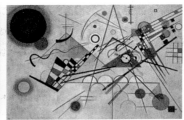

바실리 칸딘스키의 「Composion VIII」

위상진의 시적 이미지 조형력은 오랜 기간의 노력 끝
에 얻은 결실이다. 하나의 목표를 두고 일념으로 정진
한 결과이다. 그렇지 않고는 하나의 재능이 꽃 피지 않
는다. 사고와 감각이 자유롭게 융합하고, 사고와 사고가
결합하는 유비적 통찰력을 발휘하려면 우리의 관련 뇌
신경계는 해부학적 구조의 변화를 일으켜야 한다. 소위
말하는 뇌의 가소성neuroplasticity이 일어나야 한다. 특
히, 시인·예술가들의 유비적 통찰력은 오랜 기간의 지속
적인 훈련의 결과로써 구현된다.

옥타비오 파스(1914-1998)는 시가 닫혀 있는 질서처럼

보이는 반면에, 산문은 열려있는 직선 세계의 건축물이라며 "시는 진보나 진화를 무시"한다고 했다.** 칸트 역시 그랬다. 시·예술의 창작은 천재에 의한 것이나, 학자의 재능은 인식의 진보와 보다 큰 완성을 이루어나가는 장점이 있다고 했다. 그리고, 시는 하나의 한계가 그어져 있어 어딘가에서 정지하기 마련이라 했다(『판단력비판』 185 이하).

하지만 시 또한 진보하고 발전한다. 시·예술의 창조 작업 역시 원리론적 체계들이 연구된다. 다만, 그러한 내용들이 시편에 직접 기술되지 않을 뿐이다. 시문에서 그러한 체계적 논의들은 형식으로 집약되고 수렴된다. 시·예술에서 진보와 발전은 미학적 울림의 또 다른 형식으로 나타난다.

위상진 시인은 시집의 말미에 특별한 시 두 편을 싣고 있다. "예술과 삶은 하나가 아니다/ 그러나 그것들은 내 안에서/ 나의 책임의 통일 안에서 하나가 되어야 한다"고 바흐친(Mikhail Bakhtin, 1895-1975)의 말을 머리글로

** Octavio Paz. 『활과 리라』(김홍근·김은중 역). 솔. 1998[이하 『활과 리라』]. p. 87.

두고 있는 「맨발로 맨발을 맨발이」와 「아주 심한 자물쇠」라는 파격적 시구의 제목을 가진 시편이다.

전자는 불가리아 출신의 미국 미술가 크리스토 자바체프(Christo Savacheff, 1935-2020)의 설치작품 〈포장된 해변〉(2016)을 모티브로 한 시편이다. 후자는 미국의 사진작가 비비안 마이어(Vivian Dorothea Maier, 1926-2009)[***]를 재제로 한 작품이다. 물론, 두 작품 다 위상진 시인의 작가관과 시정신을 투사하고 있다. 작품의 호흡이 긴데다, 두 시편의 성격이 유사해서 「아주 심한 자물쇠」 한 편만을 인용한다.

내 이름은 스파이
내 이름은 바람
여러 개 이름으로 자물쇠를 채워두었지

아무것도 아니면서 그 무엇인 갑옷 속 눈물이었지
나를 통과한 역광들
얼룩말처럼 달리고 달리던

[***] 생전에 한 점도 공개한 적 없는 미국의 사진작가.

청동색 먼지를 뒤집어쓴 원판들

흔들리며 덜컹거리며 반도 네온의 노란 슬픔이었어
아주 심한 자물쇠를 채워둔 나만의 성채였는데
380달러에 경매되었다지
15만 통의 필름 그 얼룩말의 발굽에 붙어있는
눈. 눈. 눈
부재 하는 내가 빛의 제국으로 입국한건가
예지몽도 없이

포스터를 본다, 익숙한 낯선 얼굴
내가 저기에 있다니
다리에 깁스를 한 채 묶여있는 개의 눈
귀부인 목에 감겨있는 여우의 말간 눈
다친 인형을 뒤지던 내가 피사체가 된 건가
가만 좀 내버려 두기를
나의 별자리는 어디에도 보이지 않았는데

벤치에 앉아 있다 파벽돌로 떠 있는 구름
불타는 이마 위에 떨어진다

수상한 스파이로 돌아갈 수 없게 되었어

까마득히 날아가는 새 떼

혼자 듣는 아침의 새소리는 이제 그만

도착한다던 장미는 몇 번의 수요일이 지나가고

카메라에 칼처럼 나는 꽂혀있어

섬광처럼 보이는 나만이 나를 호명하는

비비언 마이어라고 해

　- 「아주 심한 자물쇠」 전문

　비트겐슈타인은 생전에 『논리철학논고』 한 권만을 출간했다. 왜 그랬을까? 기호학symbology을 정초한 소쉬르(Ferdinand De Saussure, 1857-1913)는 생전에 한 권의 책도 내지 않았다. 그의 언어학적 기호학은 그의 사후에 제자들이 수강 노트를 편집하여 출간한 것이다. 비트겐슈타인은 케임브리지 강의 시간에 그의 학생들이 강의 내용을 기록하는 것을 막았다.

　소쉬르와 거의 같은 시기에 지구 정 반대편의 철학자 퍼스(Charles Sanders Peirce, 1839-1914) 역시 생전에 책을 출간하지 않았다. 그의 프래그매티즘적 존재론을 기술하기 위한 인식론적 기호학semiotics이 알려지기 시작한 건 1930년대부터 시작하여 1958년에 마친 8권의 전집이 출판되고부터였다.

비트겐슈타인은 20세기 초 당시의 논리실증주의자들에게는 '신'으로 추앙되었다. 하지만, 그는 자신의 연구에 언제나 그 스스로 의문을 품고 있었다. 그래서 학생들에게 강의내용의 기록을 금지시켰다. 내일이면 자신의 연구는 다시 새롭게 변화되어 있을 것이었다. 하지만 또 한편으로, 자신의 모든 연구가 오류의 과정일 거라는 생각은 얼마나 끔찍한가. 하지만, 그것은 또 얼마나 위대한 일인가? 매일 새로운 역사를 열어나가는 자만이 느낄 수 있는 공포이다.

자신의 이름이 "자물쇠를 채워"둔 비비안 마이어도 그랬을까? 왜 그는 자신의 "성채"에서 스스로 칩거하며 자신을 감금하였을까? 위상진 시인은 「아주 심한 자물쇠」를 통해 비밀스런 마이어의 예술관과 작품세계를 우리로 하여금 상상하게 한다. 그리고, 시간과 역사라는 괴물 앞에 끌려나온 작가의 허무와 아픔을 함께 하게 한다.

이 작품은 불멸의 세계를 향해 나아가는 작가의 내면

세계를 감동적으로 그려내 보여준다. 무엇보다도 이 작품은 시적 화자를 통해 대상 작가와 시인 자신을 거의 완벽하게 일치시켜 놓았다. 그것이 작품과 독자 우리가 하나 되게 한다. 작품에 감동하게 되는 이유이다. 그리고 이 작품은 30행의 짧지 않은 길이 임에도 거의 버릴 곳이 없다. 구성이 완벽하다는 말이다. 마치 찍어놓은 영화필름들을 몽타쥬(expressive montage)하듯 서사적 편집이 완벽하다.

또 하나, 은유가 시적 서사를 거의 완벽하게 지배하면서 적재적소에서 빛을 발한다는 점이다. "갑옷 속 눈물", 마이어 그의 이름 그 자체라 할 "나를 통과한 역광들"과 "먼지를 뒤집어 쓴 원판들", 그만의 "성채"이기도 한 "15만 통의 필름 그 얼룩말들의 발굽"들, "부재하는 내가 빛의 제국으로 입주한 건가"? "예지몽도 없이". 그리고 원하지도 않게 자신의 주검을 확인하고 그는 놀란다. "내가 저기에 있다니" "내가 피사체가 된 건가"? 제발 "가만 좀 내버려 두기를"!

마이어는 한 이국의 시인을 통해 그의 깊은 슬픔을 토해낸다. "카메라에 칼처럼 꽂혀 있어". 군중 앞에서 모든 것을 드러낸 채 십자가에 매달려 있음을 그는 이렇게 표현한다. 이제는 "수상한 스파이로 돌아갈 수 없게 되었어". 마이어가 위상진을 통해 자신을 드러내 보이듯, 혹은 위상진 시인이 마이어의 혼령을 불러들인 듯, 위상진 시인은 거의 완벽하게 마이어의 분신이 되어 그의 내면의 아픔을 그려 보여 주고 있다.

또 하나의 작품인 설치작가 크리스토 자바체프에 관한 시편 역시 마찬가지이다. 위상진 시인은 자신의 시집 마지막 장의 후반부에 마치 에필로그처럼 그 두 작품을 배치해두었다. 궁금하지 않을 수 없다. 시인 역시 "나만이 나를 호명하는" 그만의 성채를 구축하고 싶었던 것일까? 아니면, 지금까지의 자신과 세계를 부정하는, 또 하나의 새로운 시작을 알리는 암시일까? 그 어떠한 것이든 분명한 건 위상진 시인의 다음 세계가 기대된다는 사실이다. ■

위상진

대구에서 태어났다. 홍익대학교 미술대학을 졸업했으며, 1993년 《시문학》으로 등단했다.
시집으로 『햇살로 실뜨기』, 『그믐달 마돈나』, 『시계수선공은 시간을 보지 않는다』, 그 외
공저가 있다..2007년 〈푸른시학상〉, 2016년 〈시문학상〉을 수상했다.
2011년..2019년 서울문화재단 예술가지원사업 기금을 수혜받았다.
현재 한국현대시인협회 부이사장. 국제PEN한국본부 기획위원장으로 활동 중이다.
jinpoem52@hanmail.net

예술가시선 25

시계수선공은 시간을 보지 않는다

초판 1쇄 발행   2020년 8월 15일 ·

지은이   위상진

펴낸이   한영예
편집   박광진
로고디자인   이길한
펴낸곳   예술가
출판등록   제2014-000085호
주소   서울 송파구 문정로13길 15-17 302호
전화   010-3268-3327
전자우편   kuenstler1@naver.com
인쇄   아람문화

ISBN   979-11-87081-19-7(03810)

* 이 책은 '2019 서울문화재단 예술가지원사업 문학 창작집 발간 지원'을 받았습니다.